청공 김종석 문학전집 4

함박 함박 함박눈은 오는데

국립중앙도서관 출판예정도서목록(CIP)

함박 함박 함박눈은 오는데 / 지은이 : 김종석. -- 서울 : 한누리미디어, 2017
p. ; cm. -- (청공 김종석 문학전집 ; 4)

ISBN 978-89-7969-753-7 04810 : ₩16000
ISBN 978-89-7969-749-0 (세트) 04810

한국 현대시 [韓國現代詩]

811.7-KDC6
895.715-DDC23 CIP2017018717

청공김종석문학전집

함박 함박
함박눈은 오는데

청공 김종석 문학전집 4

한누리미디어

차례

차례

차례

함박 함박
함박눈은 오는데

소똥구리와 자본시장

공굴리며즐거웠지
소똥소통신이났지
돈굴리며재밌다지
돈통불통숨막히지
소똥구리가둬키워
시장에서공굴리네

돈굴리며신난사람
생태사랑자본시장
영혼마저상품시대
생명까지판매시대
오라혁명가라물신
뚫자불통맺자공생

누가뭐래도우리는
생명공동체간이역
우주적민주주의로
환경살리면신나는
모든존재새삶꽃들
오라혁명맺자공생

돈굴리며재밌다지
마음불성막아놓고
대롱대롱돈줄대롱
소똥구리갇힌상품
사람들도돈똥구리
오라혁명맺자공생
오라우주적민주여

허공은 무엇을 먹고 사는가?

비움을 먹고 먹을수록 텅 비니
해 달 별 떠 그냥 주는 빛잔치
재벌 중의 재벌 맘

우리나라 재벌은 욕심만 먹고
미국 재벌은 허공을 먹는데
허공은 무엇을 먹고 사는지?

우리나라 재벌이건
미국 재벌이건 이거 알아야
재벌 중의 재벌 맘 꽃 피우지요

허공은 어떻게 먹고 사는가?

텅 빔조차 없어진 텅 빔
없어진 텅 빔조차 사라진 텅 빔
끝끝내 텅 빔마저 흔적 없어
골고루 두루두루 구석구석
무차별 품으면서 품는 줄 모르니
품으므로 먹고 산다 하는가?

입 떼기도 전에 억만 길 어긋나자
좀 특별난 허공이 말 없이
허공을 씹어 보이다 이가 다 부러지고
뼈까지 모두 삭아 버린 지 이미 오래
먹고 굶고 둘 다 떠나더니
입도 배도 없이 어떻게 먹고 사는지
오직 모를 뿐
무엇이 이 오직 모름인가?

석가는 벙어리
팔만대장경 속에서도 여태껏 벙어리
그의 진실한 제자들도 역시나
말도 못해 읽지도 못하니

오직 모를 뿐
무엇이 이 오직 모름인가?

강은 흐르고 바다는 다 받아들이네

모과

모과가 사람일 땐
자고 나면
새로 성형외과들이 줄줄이
문 열 것인데
아예 낯짝은 포기한
모과는 소불알이다
짝꿍 보고 모올래 탱탱해지는 소불알이다 드디어
가을 공중에 떠 국민 여러분
진노랗게 사랑 원하는 소불알이다
단단한 속 충만한 향물
눈 먼 암소는 귀코 다 막고 불통이지만
눈 밝은 암소는 보자마자 첫날밤
황홀한 참세상 참다운 참민주 참사회
참사람 몰아내는 곪은 소떼의 곪은 헌세상에
이대로 팍팍 기며 살 건가? 우리들
사랑 평화로 익어 진노랑
눈 뜬 모과
헌 세상에 휘덮여
자꾸만 쩔쩔 진저리로 살 건가? 우리들
민주의 가을 아침인 우리들

국민이 대통령인 우리들이 지켜볼 테니
스스로 선거개표조작 밝히고
망명 대신에
공주는 물러나 행복한 자연생활
정치술수 없는 진정한 정치
다스림없이 다스름만 작용하는
진정한 정치인으로 한 번 사시라
그땐 그림보다 더 행복한 눈물 더
황홀한 눈물
우러넘쳐 주울 줄 흐를 터이니
흘리시라 흘리시라
국가를 조폭 마피아 조직으로 추락시킨
곪은 소떼 흘러가라 흘리시라
간곡히 흘리시라
창조경제는 헛소리였다고
북방정책 적극 열어 남북 잇는 것
금강산 꽃 피우는 것
그 반대 삶 살아온 난 역창조 죄인이라고
진실로 진실로 국민 볼 낯짝이 없다고
대성통곡 땅 치고 하늘 치고 우시라 우시라

참맘 함박눈처럼 펑펑 우시라 우시라 그리 권해도
선거개표조작 소리엔
나올 뻔한 눈물도 기어들더니
결국 권력중독으로 언 얼음공주여
명박계승 분단비극 고착화하기로
검찰총장 찍어내고 꽉꽉 누르니
새뿔 돋는 새소떼 참뿔 치켜세워
참빛 뻗치는 참뿔 치켜세워
활기찬 참민주 남북화평한 참나라 치켜세우는
국민이 국민이 국민이 알짜 대통령
못생겨 속 꽉 찬 굳센 모과
온전하여 아름답게 못생긴 순수불패의 모과
곪은 소떼 제 업보에 쓰러지게 할 모과
정직해서 투명한 절대의식 진리불패의 모과
참정치 참민주 참교육 참정책 참가정 참사회 참경제
참나라 여는 국민이 알짜 대통령
우리는 진노랑 진노랑 진노랑 모과들
설익은 것이 어찌 새것인가?
덜익은 것이 어찌 새맛인가?
겉익은 것이 어찌 새정책인가?

농익은 것이 어찌 새권력인가?
못익은 것이 어찌 새누리인가?
안익은 것이 어찌 새소통인가?
우리는 잘 익은 진노랑 모과들
잘 익은 것만이 새것 새맛 새정책
잘 익은 것만이 새권력 새누리 새소통
잘 익은 것만이 더하지도 덜하지도 않는 참정치
우리는 진노랑 진노랑 진노랑 모과들
날 잡숴—
충만한 증여향기 증여의식 증여자비사랑
소외 제외당한 이들에겐
아낌없이 다 바치는 증여목숨 참사람
우리는 진노랑 진노랑 진노랑 모과들

돌부처

물동그라미로 앉아있다

웃는 죽음

옛거울 속 옛부처가 지금 드러날 때

문재인

고요한 실행 정치혁명!

첫눈

첫눈이 첨 본 첫눈 속으로 녹는 사랑 이날,

눈 덮인 날

세상이 온통 새하얀 날
하아, 어디로 갈까?
발자욱 없이 걷는 님 속에 안겨
제 가슴 안으로 들어온 양 한 마리
성령으로 우는데
같이 울어 젖는 눈물 속
나는 나도 모르게 웃고

하아, 질문조차 사라진
그 자리 새하양 새하양 한 마리 나

눈은 계속 내릴 곳에만 내리고……………………………………
눈을 줄곧 덮일 곳에만 덮이고……………………………………
새하양 새하양 나 한 마리 온데간데 없고………………………
나 찾는 거 우습다 내리고…………………………………………
눈이 사사살 웃으며 내리고………………………………………
눈이 발자욱 없이 걷는 님처럼 내리고…………………………
눈이 세상을, 세상이 눈을 서로 그냥 그저 품으며 내리고………
차가웁지만 서로 품을수록 포근하게 내리고……………………
내리고………………………………………………………………

하늘로 오르는 건 이 소리뿐 하아,

이승만 박정희 이명박 박근혜

친일파를 국정운영위원으로
관직벼슬 줘 우리 국가 이끌어라 하자
민족진영 반대시위가 고조되고
이때 이승만은 진해로 내려와서
죄없는 백년생 벚나무를
도끼로 내리찍고
톱으로 썰어 거꾸러뜨린 다음
"국민 여러분! 본인이 일본을 얼마나 저주하는지
행동으로 직접 보여주었으니 관직 임명자
반대시위는 반애국적 죄짓는 짓이므로
각성자제해야 합니다"

장준하 선생은 일본 육사를 탈출
민주투사 돌베개로 거듭났으나
일본 천황한테 목숨바치겠다 충성선언
일본 육사 장교 출신 박정희는
5.16 쿠데타
오늘날 무죄 확정난 인혁당 여덟 시간만에 사형집행
민주투사들 좌파 빨갱이로 목줄 죄어
식민피해 정신대 독도 등 천황한테 팔아넘긴

막가는 엿장수 같은
굴욕적 한일협정 그 돈줄로
오직 새마을 경제부흥 중단 없는 전진 외치며
부릅뜬 눈으로 깨어 사는 국민을 유신헌법으로
추어탕곰탕우거지탕감자탕보신탕으로 삶아고아
일인독재 보신하다가
탕! 쓰러지기 훨씬 전에
"국민 여러분! 앞으로 대한민국에서
나 같은 비극적 군인이 나오지 않기를 바랍니다"

남북 햇볕정책을 남북 냉동정책으로
그것도 모자라 더 굳히는 천안함 그리고
경인운하 4대강 제주도 해군기지
박근혜를 손아귀에 넣는 애국적 독도쇼
국민혈세 수조 원 빼돌릴 목적으로
(4대강 사업비 22조원 중 9조원이 MB 손안으로
들어갔다는 공개된 비밀 거짓 아닌 진실)
국가사업 반대 공권력 투입폭력으로
제주도 해군기지 반대시위 무차별 탄압
밀양 송전탑 반대시위 무지막지 짓밟기

생존투쟁 노조주장 색깔 입혀 내몰기
참사람 참교육투쟁도 색깔 덧칠
아이들을 입시 무한경쟁 그 외엔
가만히 있어라
가만히 있어라
가만히 있어라
바보 등신 천치 얼간이 기계 로보트로 만들기
자본교에서 일어나는 여러 가지 이 현상들은
「정경유착」의 결과가 아니라
재벌의 이권 요구 들어주고
재벌한테 몇 배수로 이권 돌려받는
국민혈세 빼돌리고 국민혈세 더 쥐어짜기의
「경정종속」「경국종속」으로
이미 대한민국은 삼성 등 재벌공화국
갑이 을을 팍팍 잡아먹게 방치해
람보식 대형마트가 골목상권까지 다 죽이고
분단비극 이용 보수권력 강화시킨
MB야말로 미국 주지사
우주은하같이 넓고 넓은 세계는 막아두고서……
이런 과오들 때문인지 어느 날

나는 대통령 명박 법안으로 알고 있는
DMB법안이 국회에서 통과됐다는,
국민들 삶 운전중에 대통령 명박 보면 안 된다는
뉴스를 듣고 아니, 혁명이?
무지갤 처음 보면서 설렌 가슴
그 수천 배나 더 설레며
나는 나의 귀 의심했는데
알고 보니 내 해석력이 영문에는 약해
저질러진 주관적 일이었으니
참으로 가슴 설레는 삶 영영 살 수 없는 일인가?
아직도 그 꼴 그 장단 그 춤이라
슬프고 분하다 정치여
겉 다르고 속 다른 정치여 응답하라
"어머님께 시장에서 채소 생선 팔아 날 키워주셨으므로
서민들 삶을 가장 먼저 살리겠습니다"

세월호 참사는 내 책임이다 사과
그야말로 수십 년 가뭄 끝
몇 방울 영롱한 이슬 본 듯 눈물 봤으나 이것이
물방울 다이아몬드처럼 순간 반짝이지만

곧 왕다래끼로 드러날 뿐 왜?
꿀 중 꿀 비정상적 권력꿀이
목구멍 속 꽉 채워져
컨트롤 타워 청와대 책임은 아예 묻지도 않고
명령에 죽고 사는 해경이나 해체하겠다니 이건 바로
본체는 두고 그림자 쓸기 깜짝쇼
하부조직에게만 뒤집어씌우기 뻔뻔쇼
그 뿐인가?
실종자 완전구제 조치는
보고 또 보고 듣고 자꾸 들어도
담화문 숨소리에서조차 발견되지 않으니
눈물이 왕다래끼가 아니고 달리 무엇인가?
적어도 유가족들 그리고 친자식 잃은 듯한
국민들은 한결같이 되뇌이는데
"여자의 눈물에 속아선 안 된다
의료민영화 철도민영화 나중엔 민주공화국까지
민영화하여 「경정종속」 「경국종속」이 사실임을
증명해 줄 결정적 인물이므로
그 여자의 눈물에 속아선 안 된다" 되뇌이는데
마치 벚나무나 죽이면서

애국심 절정을 증명한
개그콘서트 개그맨 1호 이승만과
어떤 점이 다른가?
셰익스피어 4대 비극과 버금가는
비극의 주인공 박정희
철두철미 권력집착 조작중독자
그 딸은 어떤 점이 다른가?
내가 꿈꾸듯 해석한 DMB 그대로
대통력 명박 안 보기는 이루어졌으나
국책사업 이름으로 공권력 투입 해군기지
MB와 밀약한 대로 반대시위자를 또 덧칠하고
세월호 유가족까지 색색깔깔 웃으며 덧칠하고
국민혈세 수조 원 빼돌린 조폭 마피아급
우리나라, 수치스러운 나라로 추락시킨
MB한테 왔다갔다 그네타는 그네는
어떤 점이 다른가?
다이아몬드보다 더 투명한 정직성으로
꼬리자르기
그림자 쓸기는 참정치 불 속에 태워버리고
조작 없이 거룩하고 거룩한 절대 순수

씨알
알짜
알키
알몸으로 즉각 응답하고 응답하라
불통으로 조작강화 권력사수는 불 속에 다 태워버리고!

건희야, 이것이 진짜 행복이다

봄 여름 가을 겨울 또 봄 오지만
얼음 속에서도 화알 알
불씨가 불씨 스스로 피워 올려
알씨 감싼 알껍질 다 녹일 때
강 흐르고 새싹 돋는 새봄이니
넌 늘
새봄,
새봄이어야 한다

새봄 살리는 새힘의 뿌리가 사랑이므로
사랑이 하느님이요 동시에 하늘냄새이니
하늘나라 하느님을 네 속에 두고
밖으로만 밖으로만 헤매지 마라

사랑도 이와 같아서
너의 가슴 중심 속에 들기만 하면
사랑은 부분 집착 놓아버린 채
사랑 자체로
온몸 온영혼이 피아노 건반되어
황홀히 자동연주로

남들 이롭게 거저 도와주나니
건희야, 그러니까 행복이다

행복한 줄도 모르는 행복이
바로 이런 행복
삶경영의 꽃열매 익어터져
거저 거저 먹혀주는
오히려 먹어주는 사람들 더 고마워
눈물나므로
건희야, 이래야만 행복이다
하늘나라가 너의 것이다

그러니 밖으로만 매달려 성공하여도
물질의 노예가 누리는 행복은 행복 아니다
사랑삶의 뿌리를 몽땅 팔아치운 경영자이므로
어리석음의 극치 불행이라 불러야 한다

이들도 언젠가는 사랑으로 돌아와
사랑 자체일 때
바로 행복 자체이므로

누구든 날 잡숴~
가을날 숨 속 숨소리 뿜어주고
새봄날 사랑 속 사랑소리 풍겨주고
우주은하 천지를 새롭게 살려내고
살려낸 줄도 모르고 사나니
건희야, 이것이 진짜 행복이다
건희야, 이것이 진짜 좋은 세상이다
건희야, 이것이 진짜 좋은 경영이다
건희야, 이것이 진짜 좋은 회복이다

빈 그릇

밥 담으면 밥그릇
죽 담으면 죽그릇
국 담으면 국그릇
물 담으면 물그릇
빚 담으면 빚그릇
재 담으면 재떨이
김치 담으면 김치그릇
개밥 담으면 개밥통
개똥 담으면 개똥통
수난과 고난 담아 견디면 하늘 순명삶
스승 말씀 담으면 진리통
부처 말씀 담으면 불경통
하늘 말씀 담으면 성경통
짜증 담으면 신경통
부정부패 담으면 먹통망통
욕 담으면 욕통
미움 저주 시기 질투 담으면 두통
용기 정의 절제 지혜 담으면 덕그릇
믿음 희망 사랑 평화 담으면 하늘그릇
대자대비 담으면 관세음그릇

막걸리 담으면 막사발
소통의 정 담으면 통신사발
녹슨 쇠붙이 담으면 고철통
너절너절 물건 담으면 쓰레기통
때낀 손발톱 잘라 담으면 쓸모없는 톱통
콧물 밑씻개 종이 담으면 화장통
단호하게 우유만 담으면 백호젖통
꽃 심으면 화분
향 피우면 향로
오줌 담으면 요강
맑고 밝게 살면 호강
다이아몬드 담으면 보물금강통
동전 담으면 저금통
아빠 엄마 누나 온기 담으면 행복통
형제자매 이웃사회 온정 나누면 통큰 행복통
우정 담으면 의리통
애정 담으면 설탕
약 담으면 약탕
녹차 담으면 찻사발
사람은 본래 깨끗한 빈그릇!

지금 살금살금 무슨 생각 담겼나?
방금 야금야금 한탕 생각 넘쳤나?
조금 시금시금 시 생각 꽃폈나?
시 생각 꽃폈다면 한 권의 시집
폭력게임 공갈생각 넘쳤다면 무엇?
자나깨나 앉으나서나
순수 빈그릇 그대로라면
하늘냄새 우러풍기는 향그릇이다
향그릇이면 해달별들이, 민주 바람 해달별들이
빛의 긴 혓바닥으로 고요히
사람을 핥으리 맛좋다 핥으리
이때 살맛난다 삶맛난다
이것이 아름다운 생명체이다
저절로 싱그런 자연의 춤춤 새 역사의 춤춤이다
그냥 그저 꾸밈없이 하늘하늘 춤춤이다
몸 푼 말씀 민중 잔칫날이다
날마다 날마다 민중 잔칫날 세상이 오늘이면
사람들이 바로 경전 그 자체
이처럼 무엇을 담느냐에 따라
인생그릇 결정되나니, 국가운명 결정되나니

맘 안팎 안팎으로 빛이 영성체 되도록
영성이 우주체 되도록
우주가 열반체 되도록
쓰레기통 똥그릇들 다 깨고서
오직 빛그릇으로
지극정성 화안히 살아야 하리
이 온피땀눈물을 다하여 뜻을 다하여
진실로 진실로 이 세상
사람답게 사는 세상 밝혀야 하리
세월호 같은 대한민국 아흐흐 세월호 같은 대한민국
영성 공화공동체 이뤄야 하리 모여야 하리
사람들 저마다 사랑꽃 자체로
사람들 저마다 평화권 자체로
생명촌 지구촌 살려야 하리
세계의 국경선 다 녹이는
세계의 종경선* 다 녹이는
우주적 민주주의로 우주중심 대한민국 살려야 하리
사람들 저마다 직접 민주주의로
주인답게 바르게 살려야 하리
거짓을 감추려는 거짓은 끝장내야 하리 치떨리게도

책임 피하려는 거짓은 이젠 끝장내야 하리
지금도 청와대가 가라앉히는 대한민국 대참사를
세월호 특별법 수사권 반드시 확보하여
깨끗한 빈그릇 대~한민국—!
새벽닭 홰를 치듯 외쳐야 하리
깔끔한 빈그릇 대~한민국—!
우리 모두 빈그릇 대~한민국—!
가슴 풀고 목놓아 외쳐야 하리
거짓 권력 그 뿌릴 뽑아야 하리
거짓을 거짓으로 감추는 그 뿌릴 햇빛에 드러내야 하리
새역사는 공짜로 오지 않는다
빈그릇은 새역사만 진실로 담아 대한민국 건지므로
영성 열고 새빛 쏘아 외쳐야 하리
부패권력 그 머릴 새역사 박물관에 전시해야 하리
국민명령 불복종은 주인명령 불복종
조작권력 조작몸통 드러내야 하리
새역사는 절대 공짜, 공짜로 오지 않는다
세월호 특별법 수사권을 막고 짓밟는 자여,
짓밟을수록 짓밟는 그놈 발바닥에 붙어
오히려 거리거리마다 그놈이 씨를 심어주나니

바로 질경이가 유가족, 국민유가족이므로
새역사는 알짜, 알짜로 나아가야 한다
당당한 사랑과 분노의 사명감으로
타협없이 청와대로 걸어 들어가야 한다
새역사는 속임수, 속임수에 놀아나지 않을 때 오는 것이다
국민기우제로 마른 하늘 열어젖혀서
가뭄 끝 서민들 단비에 젖듯이
사람답게 사는 세상 여는 것이다 마침내
마침내 국민이 대통령
소통령이 대통령을 까뭉개어 조작 또 조작이나 즐기고
서민들 죽임의 권력 내려놓지 않겠다면 끝끝내
절대 국민명령이다,
당장 물러가라!!!!!…… !!!!!~~~
너희가 충분히 더럽힌 대한민국 백자그릇 대청소해
눈부신 새하이얀 빈그릇 드러내고
그 속에 하늘인 민심 가득 담으면
대한민국 건질 수 있으므로―!
건질 수 있으므로―! 우리들이 목숨 걸고 건져올리자
아아 민주 노동 복지 문화를 잠수부처럼 건져올리자
사람이 사람답게 한 번 살아보자

갑을의 대한민국 해방을 막고
분단의 대한민국 화평통일을 막고
의료 철도 국가까지 민영화로 팔아먹는 권력
그 금사슬을 우리가 끊어 녹여 금가락지로 만들자
민중들 예쁜 새끼손가락마다 다들 끼고서
사람이 사람답게 한 번 살아보자
대한민국 건져올린 기념품 금가락질 반짝이며
사람이 사람답게 한 번 살아보자

*종경선 : 종교경계선

황간으로 온 제주도 그 꽃이라 해도

유채꽃이 전입신고도 없이
노랑나비와 놀다가 뽀뽀는
흰나비와 하고 휴식은
호랑나비가 하는 사이에
햇빛이 찌르는 거 먼저 빨아
달 같은 노랑피로 밭을 적시고
나비떼는 일제히 좋아라 춤추고
우짤라꼬 이라노?
요로콤 생긴 꽃꿀 우짤끼고?
눈부신, 참말로 맑은 대낮에
자연은 그냥 그저 미쳐서
정상적 자유삶 천연스레 누비는데
너거들은 와그리사노 응 와그리사노오?
그리 사는기 눈부신 햇빛 때문이가?
너거들 와? 와카노 와그리사노?
조작권력 책임회피 세월호 참사와
분단비극 강화해
한국을 세계적 그름국가로 만드는 인간아
노동지옥 자살률 금메달국가로 만드는 인간아
바람이 이 심장 후벼파 아리어 부끄러울 때

유채꽃 서너 장 가슴 속 들어왔는데도
잠 안 와 귀 기울이면
들려오는 건 하늘소리
해달별들의 소리
먹구름 속 번쩍 번갯불 천둥이 새길 보이며 적셔주듯
직화구이 중도혁명이란,
자본독재 조작권력 속 번쩍 민심불 솟구쳐 주인으로 사는 것!
참정치 새역사란,
세월호 죽임 속 책임 규명불 활활 피워,
화알활 피워, 대통령을 기소하는 것!
이 세월호 특별법 수사권 기소권이야말로
눈부신 햇빛이며 새생명 확보라는 것!
이 눈부신 햇빛 두려워 청와대 시녀로
당당히 벌벌거리는 이들이 바로 드라큐라 즉,
드피아 떼거리라는 것! 이들에게
마늘과 햇빛 보여주고 비춰주는
유가족 20일째 단식인데도 특별법 방치해 또
이들을 줄줄이 죽일 것인가?
거룩한 목숨 자꾸 죽일 것인가?
바다 속 캄캄한 세월호 같은 대한민국아

유가족이 뱉는 햇빛에 기분 더럽게 씹힌다는
너거들이 사람이가? 와? 와그리삾노 와그리사노오?
내 가슴 속 유채꽃 아무리 향긋한 그 꽃이라 해도,
대한민국 건지려는 세월호 유가족 그
피 땀 눈물보다 향긋치 않고
떨어지는 유채꽃 아무리 슬프다 해도 하나뿐인,
목숨 건 유가족 단식보다 슬프지 않고
뿌리 뽑힌 유채꽃 아무리 처참타 해도 그 귀한,
자식 잃은 부모보다 처참치 않고
유채씨 심을 땅조차 없어 아무리 기막혀 서럽다 해도,
가라앉는 대한민국 구경만 하는 국민 볼 때보다
놀랍고 서럽지 않으니……!
곧 자신에게로 닥쳐들 일인데도 구경만 하다니……!
이보다 놀랍고 서러운 일 달리 있으랴?
그렇다 이젠 진실로 떨치고 서서 더불어 손잡자
그렇다 이젠 진실로 정의심 그 자체로 하나 되자
우리들 가만히 있지 않겠다
어두운 조작달인의
아흐, 섬뜩한 송곳니 권력으로
우리들을 교묘히 찌르겠지만,

안 되면 억압탄압 공권력으로 들쑤시다가
몰리면 공안정국 흡수통일 전쟁분위기로
돌파구 열려고 몸부림치겠지만
이젠 너거들 끝이다
벌써 구멍난 청와대 커튼 사이로
방탄 유리창까지 꿰뚫고 들어가는
국민햇빛 좀 보라
국민 마늘도 동시에 보라
너거들 몸 다~들 잿가루로 훠얼훨~~~
너거들 악령 모조리 다~들 허공에다 훠얼훨~~~
이젠 너거들 끝이다
! 섬뜩한 드라큐라,
드피아여
너거가 지금도 가라앉히는 대한민국 우리가 건질 것이다
건져올려,
열명의 자녀도 다 건져올려,
이들과 늘 함께 더불어 안전한 나라
화평통일 균형조화의 나라 참교육의 나라
돈의 노예가 아닌 나라 갑을이 없는 나라
다 건져올려

자유는 누구나 누리되 책임지는 나라
균등한 나라
정의 중심의 나라
사람이 먼저인 나라
아이들과 여성 청년이 먼저인 나라
편안하고 싱싱하고 아름다운 나라
우주에서 가장 훌륭한 행복국민으로 먼저
지구촌 통계 OECD 일등기록 세울 것이다
우리들은 가만히 있지 않겠다
너거들만 가라앉힐 것이고
사람다운 것은 다 건져올릴 것이다
정의와 사랑과 올곧은 화평보장 진상규명
세월호 특별법 수사권 기소권으로
부유한 평등나라 건져 세울 것이다
내 가슴 속 유채꽃 아무리 향긋한 그 꽃이라 해도
맑고 밝고 향긋한 우리나라 세우려는
그 피땀 눈물보다 향긋치 않으니
내사마 우야꼬 이기 아이고
저거들 몸통 주둥이마다
눈부신 햇빛 총처럼 쏴

마늘 꽉꽉 넣고 넣어 줘
너거들 드피아들
밝히고 밝혀서 새사람 만들어줄끼라
와? 또 와카노? 그기 죽기보다 싫나?
그라모 우리들이
통째로 몽땅 한꺼번에 똘똘 뭉쳐
너거들 갈아엎어뿌야지 안 그렇나?
가 · 만 · 히 · 있 · 지 · 않 · 겠 · 다 ·
살 · 인 · 한 · 책 · 임 · 자 · 잡 · 겠 · 다 ·
꼬 · 옥 · 좋 · 은 · 나 · 라 · 세 · 우 · 겠 · 다 ·

— 우리들 가만히 있지 않겠다 —

박근혜에게

사과밭에서 나온 딸이
감없는 감이나 팔고 사고
마침내 세월호 큰 사고

청와대가 컨트롤 타워 아니라면
청와대는 통째로 청와대 식당이란 말인가
국민혈세 밥반찬 공짜로 실컷 먹고
고개 고개 치드는 고개들 뿐이니,
무책임한 권력중독 고개들 뿐이니,
고개 고개 그 고개 몽땅 부러뜨리기 전에
고개 고개 열두 고개 아리랑 고개로
진실로 유가족 가슴 되어 거듭나야 한다

사과밭에서 나온 딸아
해마다 사과 풍년 누리면서
사과 나눠먹는 거 그리도 아까우냐?

열사흘째, 그것도 간접 사과
오천만 국민 제쳐두고 국무위원들에게만
사과 만찬
사과밭에서 나온 딸아

최후의 만찬을 진실로 진실한 사과
사과가 없으면
사과가 없으면
부활은 없다
부활은 없다
부활은 꿈도 꾸지 말아야 한다

조작정치 13단에
거짓공약 거짓사과 대통령님
대통령님이 자꾸자꾸
징글벨 징글징글 신나게 부를수록
징그럽다
징그러워
국민들이 이 나라 다 떠나느냐?
대통령님 홀로 청와대 지키느냐?
이것만이 문제로다
이것이 아니라 거룩한 국민분노가
대통령님 본분사인 국민 밀씻개로 본격 쓸 것이므로
스스로 내려와 스스로 국민 밀씻개로 살아야 한다

부활 중 부활은 이것뿐이다!

국민직접민주주의는 반드시 응답한다

제 3 시민혁명
국민직접민주주의는
겨울 보리밭 보리처럼
짓밟힐수록
청보리처럼 피어솟고
짓뭉갤수록 질경이처럼
짓뭉개는 너거 밑창에 끈적끈적 붙었어라
씨— 씨— 씨— 욕하듯 씨알들 붙었어라
새로운 땅 속에다 너거가 꾹꾹 눌러 심어주니

'바람보다 먼저 눕고
바람보다 먼저 일어서는'

이것으로 반드시 응답한다
낫을 베는 풀들의 뭉침
민초 덩어리 속 불덩어리들의
제 3 시민혁명
국민직접민주주의여
수난과 고난을
불

알키들이 똘똘 뭉쳐
크나큰 불덩어리로 화알활 피워올릴 땐

불이 불을 두려워하지 않고
검붉게 나쁜 피 정갈하게 다 태우고
갖가지 저지선도 다 뚫고, 뚫고, 나가,
온몸 상처가 금방 새살
새해로 뜬다 이것!
이것이 바로 국민직접민주주의 설날

저거 저거 설날은 어저께고요~
우리 우리 설날은 오늘이래요~~~

반드시
온다,
이것!

유진아

미국에서 살아도 알고 있지?
우리나라는
민주공화국이다
가장 볼품없고
가장 보잘것 없는 한 사람이라도
소외시키지 않고
제외시켜선 더더구나 안 되는
그런 나라
국민이 주인인 민주공생체
인드라망 나라
미국에서 살지만 잘 알고 있지?

이번 세월호 보면서
또 다시 재벌만능공화국
물신노예노동국이 됐더라
그래도 인간 정치에 맡겨 기다려봤지만
끼리끼리 패거리 짓
정겹다 못해 지겨워
지겹다 못해 역겨워
역겹다 못해 끌겨워

꼴겹다 못해 새정치로 성형수술 기대했으나
한 집 두 집 가족들끼리
아이고 이민 풍문 돌고 돌더니
지금은 더 많이 이민 준비중
사람은 살되
거의 모두 상품으로 살아야 살고
부자 증세 엄두도 못 내면서
서민들 담배 증세 겁 없이 올리고

유진아
나라 꼴 이럴 줄 어린 니가 미리 알고선
인사없이 떠난 거니?
할아버진 너흴 볼 낯이 없다 하여도
널 업어주고파, 한 번 오라 오라 오라
자꾸 자꾸 등판이 가렵다 가려워
사람 사는 세상 느낄 건 이거뿐인가 봐

어화둥둥
제주도 유채밭에서
유채꽃으로만 알밥 쌈싸먹고

저만치 청보리밭에 벌러덩 드러누워
파아랑 하늘 한없이 마시는 일이,
제주도 노란 달밤
연노오랑 그 맑은 바닷물 속에
알몸으로 음양조화 이루는 일이,
너나의 몸몸 속 물방울 다이아몬드와
바닷물 속 물방울 다이아몬드 끼리끼리 합쳐
찰랑찰랑 찰나찰나
찰찰랑랑랑
제주도 사랑의 우주 엑스터씽~
다가올 이 일이,
너도 지금 일어나니?
날이면 날마다 일어나니?
오라, 와서 팽목항 열 분 영혼의 손잡고
사랑으로 사랑으로 맨 먼저 손잡고
하늘로 하늘로 저어 천사의 하늘나라로
지극정성 올려드린 다음
재벌만능공화국
물신노예노동국 해체하러 가자
유진아, 용오름에서 만나 함께 가자

주춤 멈춤
그런 춤 추지 말고
날아오라
뭐하냐?
왜 이리 늦냐?
혹시 주춤 멈춤 댄싱 오디션 보는 거니?
미치겄다
빨랑 그 오디션은 꼴찌로 똑 떨어지고
여기에 일등으로 오라
유진아
♡하는 유진아,

석류

떠올렸을 뿐인데 목구멍이 옹달샘
다른 우물 필요한가?

그믐밤 황간 유채밭에서

홀로 고요히 앉기만 하였는데
때 아닌 대보름달 두웅 떠
만생이 본래 그림자 없음 보여주고 있다

복음

삼매 중에 한 생각 한 말씀이라야
한여름에 녹지 않는 새하이얀 세상 펼쳐요

귀신 든 돼지떼

세월호 단식장에서 폭식하는 폭식꾼들

골프냐, 골퍼냐?

색 골 퍼 주접떠느니 차라리 똥 퍼~

종교 경계선

몰라서 없건 깨쳐서 없건 본래 없다

국가 경계선

부끄러워라
우주의식 결핍증 아직 중거하다니!

인종 경계선

흑백황인종에 청홍종까지 있어도
액체 햇빛인 피는 다 같이 붉고도 붉어라

이념 경계선

좌우 · 진보 보수는 머리에 있고
가슴으로 내릴 줄만 알면 사랑 뿐!

빈부 경계선

마음이 가난한 이는 하늘부자이고
물질이 부자인 이는 하늘가난뱅이므로
줄 그어지지 않는다 돕고 살 땐—

빛어둠 경계선

줄 긋는 그 짓이 바로 어둠
줄 지우는 그 짓은 바로 빛

사랑미움 경계선

무심이면 본래 줄 없다

열등우등 경계선

솔개 눈은 사람 눈보다 더 밝아
솔개끼린 절대 잡아먹지 않는다

잘잘못 경계선

나름대로 다 옳을 뿐임을 모를 때 생긴 것

꽃생식기 경계선

꽃은 화알짝 까발린 생식기이고
사람 거시긴 해달별빛 가린 감옥 사는 꽃
꽃은 아아 향기롭다 감탄 찬미하면서
꽃 중 꽃 사람 거시긴 죄처럼 줄 긋고
누가 감옥 살게 했는가?

사람이 스스로 자연과 분리해 놓고
늘 분리불안으로 남몰래 벌벌

우리는 벌벌 줄 잘 긋는 사람을
줄명수라 하는데
우리나라 삼팔선은 그 중에 가장 수치스런 꼴등 줄
진짜 줄명수는 물 위에다 줄 긋고
최고 줄명수는 허공에다 줄 긋고
참으로 고요히 사라지는 줄명수는
웃는 허공으로 사라지는 줄명수는
불의정의 그 줄도 허공에다 그어놓고 허허허 그러나

불의의 그 어이없는 무리들이 정의심
뭉개어 뭉개고 또 뭉갤 때엔

정의가 똑바로 세워질 때까지
겁 없이 아주 선명히 맞서 뭉개져주므로
아름다워라 황홀하게 부서져 부활하는
참사람떼가 땅 딛고 일어선다
일어선 알키 사람떼 속으로
스며드는 하늘역사
민심이 즉각 천심으로 일제히 일어선다
'세월호 특별법 수사권 기소권'
통과 줏대로 일어선다 일어선다
허공 높이 선 그 깃대들 끝에서
참깃발로 304명의 영혼이 펄럭이고
우리는 무엇을 할 것인가 망설이지 않는다
'고통 앞에 중립이 어찌 있을 수 있는가'

예술외설 경계선

알몸 약간 가린 그림은 예술
알몸으로 길 걸어다니면 외설

넌 누구니?

유진아
어릴 때 난 애국가
하느님이 보우하사~ 부르고 나면
그 하느님 정말 보고 싶어서
밤이면 밤마다 애간장 뽀골뽀골 그렇게
사춘길 보내다가
일상적 연애 한 번 못해 보고
찌릿　찌릿 전류가 파파팍
활활거린다는 그 사춘기
가버렸어 돌아보니 가버렸어
억울하고 억울해

넌 어때?
사춘기 중반 고빗길에서
다채롭고 찬란한 첫경험들 기록 세우니?
헤아리기 어려울 정도로
많은 예비 짝들이 따른다는데
주시만 지속된다면
사춘기 그때야말로
수행공부 절정기가 될 수 있어

이 기회 놓치지 마라

첫경험이 일어나면 첫경험 주시하고
두려움이 일어나면 두려움 주시하고
떨림 일어나면 떨림 주시하고
욕정 일어나면 욕정 주시하고
미움 일어나면 미움 주시하고
소유욕 일어나면 소유욕 주시하고
지배욕 일어나면 지배욕 주시하고
이별이 일어나면 이별 주시하고
사랑이 일어나면 사랑 주시하고
눈물이 일어나면 눈물 주시하고
아픔이 일어나면 아픔 주시하고
하나됨 일어나면 하나됨 주시하고
자유가 일어나면 자유까지 주시할 줄 안다면

진,
유진 그 꾸밀 줄 모르는 사춘기야말로
새생명의 풋봉오리 풋꽃잔치야 잔치
새생명의 티없는 순수 에너지로

순박
소박
질박한 사랑 그 팽창기니까

그래서 다이아몬드맛만 있는 게 아니라
호박
수박
참박 다 모여 쓴박 짠박 신박 단박 매운박 떫은박 감칠박
대박 터지지만 동시에
구박
속박
압박
통박까지 당하는……

그래도 도망치지 않고
고요히 주시할 수만 있다면
진,
유진
찐짜 보여,
하느님이 사랑이심이

너무 잘 들려,
사랑이 하느님이시다는 침묵의 말씀이

……………………… 그런데 할아버지이—
할아버진 애국가 하느님만 짝사랑하시다가
사춘기 다 흘려버렸다 하셨잖아요
그런데도 제 상탤 어찌 이리 잘 아세요?
혹시 책 읽고 아시는 척,
뻥치시는 거 아니세요?
주시!
이거 하나로 정말이세요? 만약
뻥 뻥 뻥 뻥치시다 빼엉 터지면
어쩔려구 이러세요? 네에?

유진아
지금 니가 말하는 거
주시하며 하는 거니?

할아버진 또 주, 엇, 주시하니까 갑자기
할 말 까먹어!

어엇, 가을하늘 뿐—

진,
유진 바로 그것
'가을하늘 바라보는 지금 니 눈이 바로 하느님이셔'
'사람이 곧 하느님이셔'

할아버지이—!
말씀말씀마다 가을하늘이 되어요
어엇, 저는 어딨어요?
어딨냐구요? 아아 가을하늘 뿐 이젠
제가 없어 방금 좋아졌어요

가을하늘, 그 가을하늘은 무엇이니?

묻는 그 분 주시하면 그냥 보여 알아요
아주 편안하고 즐거워 그저 좋으니까요 이젠
건드리질, 쉬잇—!

국가인권위원회

밤엔 한 잔 또 한 잔 권력 시녀
낮엔 조작간첩 침묵

우주은하연합 자연권위원회

존재는
밤엔 생명 에너지 충전기
낮엔 행복 나눔 증폭기

국민권익위원회

낮엔 을신세 펀드는 척
밤엔 갑신세 요청 듬뿍 배 터지네

우주은하연합 권익위원회

낮엔 을신세 같은 이를 갑신세로
밤엔 갑을을 포갬 한 영혼

국민통합위원회

밤엔 노사정 권주가 요청
낮엔 공권력 탄압 구경

우주은하연합 통합위원회

밤엔 암흑물질 속 새생명 창출
낮엔 중력파 통일장 광휘광휘~

동반성장위원회

낮엔 중소기업 영세업자 보호할 듯
밤엔 대기업 독점보장 살살 수용

우주은하연합 동반성장위원회

낮에 나는 너
밤에 너는 나

한반도통일위원회

밤엔 연방제 통일
낮엔 세계 곳곳으로 흡수통일 대박

우주은하연합 통일위원회

밤에도 한반도 평화통일
낮에도 한반도 평화통일
밤낮없이 낮밤없이
한반도 평화통일 평화통일 한반도
한반도 평화통일 평화통일 한반도

노사정위원회

낮엔 생활임금 파업권 보장
밤엔 사용자의 빨대 법안 보장논의

우주은하연합 노사정위원회

밤이나 낮이나 충분한 예술창조가 노동
낮이나 밤이나 필요 생산품 협동 교화

국가안전행정부

안전하게 뒤집힌 진도항 침몰배
260명 이상 실종자 생명들
긴급구제장비 다 뿌리치고 방치해
아직 실종자 고교생 한 분도 살리지 못했는데
국가여 왜? 왜? 왜? 왜? 왜?
놀라워라 걱정할 거 없다는 듯
그야말로 안전하게 뒤집어진 배 봐 안심하시라고?
오직 국정원장 구제할 전략출구 기회, 그 웃음 숨기고
권력중독 그네타는 그네여
그대 자식은 세월호 속에 안 계신가 보다
한평생 자식없이 권력장악만 키운 그네여
눈물 한 방울 없이 수백 명 딸아들 죽게 버려둬
드디어 정의로운 성령 칼이 그네줄 썰고 있다
순백의 촛불이 악령 그네줄 썰고 있다
애통없고 불통하여 국민 다 죽이는 그네줄 모두모두
태우고 있다 태우고 있다 태우고 있다
1% 지시, 99% 안전확인할 줄 몰라서
도로묵처럼 도로행정안전부 도로금력정부 도로독재권력 태우고 있다
"비정상이 비정상을 어떤 역사에서도 고치는 꼴 못봤다!"
국민들 이 소리
그네타는 그네를 태우고 있다

우주은하연합 실천안전부

지구여, 치료의학까지
의료민영화 목표로 국민생명 옭죄어 오는 지구여
여긴 예방의학 실천으로 건강천지 뿐이다
예방사고 실천으로 이곳은 안전천지 뿐이다
1% 지시, 99% 확인 안전으로 이곳은 안전천지 뿐이다
권력중독증 없는 직접민주주의로 국민 각자가 실질적 대통령인 여기는
하늘엔 영광이, 모든 생명체에는 서로 섬김이
사랑과 평화와 정의와 정직한 자발 협동천지 뿐이다
여긴 헌법 제1조가 꽃 향 열매로 만발한 곳
서로 사랑, 서로 섬김의 일체감이 튼실튼실 평강을 이룬 곳
해저 삼만리라도 들어갈 깊은 사랑 실천가 잠수부천지 뿐이다
해저 37미터 진도항 침몰배 속 행여 살아있을 거룩한
수백 명 고교생 아들 딸들 구하겠다
감기 몸살 무릅쓰고 급류에 목숨 건 잠수부를 보아라
잠수부 무한사랑 섬김 그 자체 헌신성이 행동으로 나타나
그나마 그나마 가슴 훈훈함은 여기 이곳과 같은 곳
다만 구제실적이 없어 애통하여라
"하루 한끼 먹더라도 안전하고 행복한 나라에서 살고 싶다" 는
한반도 사람들
가슴 아리어 눈물 흘러라 흘러라 가슴 아리고 아리고 아리어라
애간장 찢어지는 침몰배 한반도 지구인의 삶이여

기도 · 1

내 뜻대로 마옵시고 하느님 뜻대로만 하옵소서
나는 당신의 몸종 입종 뜻종입니다
당신께 하시는 모든 일들이 저를 통하여
다 이루어집니다
아니 벌써 다 이루어 주셨습니다

기도 · 2

내 뜻대로 마옵시고 하느님 뜻대로만 하옵소서
난 당신의 몸빈잔 입빈잔 뜻빈잔이므로
당신께 하시는 모든 일들이 다 이루어집니다
만약 이룸이 늦을 땐 끝까지 기도로 기다리겠나이다
때를 알게 하소서

기도 · 3

내 뜻대로 마옵시고 하느님 뜻대로만 하옵소서
아예 제게 묻지도 마시고
하느님 뜻대로만 하옵소서
이 온목숨은 전부 당신의 것이기 때문입니다
오늘도 제 십자가 제가 책임지고 짊어졌으니
저를 떠나지 마옵소서

기도 · 4

내 뜻대로 마옵시고 하느님 뜻대로만 하옵소서
이 온삶이 가장 삶다울 땐
당신께서 저를 직접 운전하는 그 때입니다
내 뜻대로 가는 것이 아니옵고
당신 뜻대로만 가는 그 때이기 때문입니다

기도 · 5

내 뜻대로 마옵시고 하느님 뜻대로만 하옵소서
이 온피땀눈물이 뭉치고 뭉쳤다가
말씀없는 말씀으로 풀리고 풀릴 땐
당신을 마시게 하소서
성령을 보게 하소서
보는 것이 믿음이며 믿음이 보는 것이게 하소서
오늘도 제 십자가 제가 짊어지고
못 3개 면류관 옆구리 창 찔림으로
물과 피가 흐르는 거
제가 마시겠나이다 저도, 주시는 당신으로 살겠나이다
베드로가 배 버리고 당신 성령배 얻듯
베드로가 그 물 버리고
그 물, 영원히 목마르지 않는
사랑 그 물, 그물로 얻듯
이미 그 이상을 제게 주셨습니다
바로 사랑 자체로 타오르는 삶
이것을 주셨기 때문입니다
저도, 주시기만 하는 당신으로 살게 하소서

기도 · 6

내 뜻대로 마옵시고 하느님 뜻대로만 하옵소서
하늘에서와 같이 땅에서도
우리들 모두가 당신의 유일한 자식들이므로
영광은 당신께 바치게 하시고
사랑과 평화와 정의와 공동의는 우리들이
한없이 한없이 누리게 하소서

기도 · 7

내 뜻대로 마옵시고 하느님 뜻대로만 하옵소서
삶이 당신과 일치하게 하소서
부드럽고 또렷한 당신이게 하소서
십자가 유언에서
"다 이루었다" 하심처럼 다 이루었다!
저도 이 말씀 우러넘치게 하소서
그리하여 세상 성공이 성취가 아님을 알게 하소서
당신께선 아무것도 아니시므로 온갖 조롱 다 받으시고
결국 모든 것이신 성취의 증거가 당신이십니다
저도 아무것도 아니면서 모든 것으로 살게 하여
마침내 십자가 유언
"다 이루었다 진리의 보편성이 모든 생명체를 통섭하기까지!"
하느님 우러러 한 점 부끄럼없이
이 말씀 우러넘치게 하소서

기도 · 8

내 뜻대로 마옵시고 하느님 뜻대로만 하옵소서
내가 없는 제 모든 기도는
당신 자체가 하시는 기도이므로
이 기도는 당신께서 옛날에 다 이루어 주신 것임을
우리 모두가 보고 직접 알게 하소서
당신 십자가를 두려워하기보다
당신과 일치할 거룩한 기회이며
바로 이때가 부활임을 가슴으로 알게 하소서
어머니 마리아 가슴으로 자신을,
자기 첫 자식으로 가장 먼저 품게 하소서

기도 · 9

내 뜻대로 마옵시고 하느님 뜻대로만 하옵소서
난 당신의 거룩한 아들이고
난 당신의 거룩한 딸이므로
아버지 어머니께 어느 때 어느 곳이건
저를 버리지 마옵소서 우리들을 버리지 마옵소서
오늘도 제 안에 계신 하느님이시여
저는 찰나에라도 당신을 떠나보낸 적이 없습니다
동시에 제 몸을 박물관으로 삼아
당신을 전시 진열 겉멋 부린 적도 없으며
아울러 제 몸을 저축예금통장으로 삼아
당신을 통해 이자늘이기한 적도 없습니다
앞으로도 오직 실천하는 당신의 현존으로만 살게 하소서

기도 · 10

내 뜻대로 마옵시고 하느님 뜻대로만 하옵소서
당신이 걷는 이 길은 우리 자신을 위한
수난과 부활의 길임을 알게 하시고
삶이 힘들수록 고마움으로 가득 찬양케 하소서
십자가의 자유는 사랑입니다
저도 이 사랑 다 이루게 하소서

기도 · 11

하느님께서 먼저 제 안으로 오셔 머무시도록
제 몸이 빈잔이 되었고
제 입이 빈잔이 되었고
제 뜻이 빈잔이 되었습니다
제 안에 당신이 먼저 계셔야
제가 당신 안에 거할 수 있기 때문입니다
하느님, 먼저 제게 오소서

하느님께서 먼저 저에게 청하여 주소서
당신의 소리와 말씀을 날이 갈수록 또록또록
알아듣는 능력을 더 높여주시고
당신의 몸 직접 만져보게 하소서
순간 저도 당신과 같이
백옥보다 더 화안한 젖빛 사랑 자체로
역동적 중도삶 살 수 있기 때문입니다
하느님, 아빠 아빠 아버지 먼저 제게 청하여 주소서

하느님께서 먼저 저에게
어떤 일 무슨 일이든 맡겨 주시고
제가 온유함과 완전한 순명삶으로

전부 다 받아들여 그날 그날 제 십자가
스스로 짊어진 채 그날 그날 당신 유언이신
"다 이루었다" 와 "신비한 소리치심" 이
제 안에서 살아
보편적 사제직 예언자직 왕직 파동으로 퍼져
대우주로까지 뻗치고 있습니다
이를 제가 더 생활로 선명히 이룰 수 있도록
하느님, 아빠 아빠 아빠 아버지 맡겨주소서 제게
어떤 무슨 일이든 두려움 한 점 없으니
깊은 침묵이 지금 여기 당신을 맞이하나이다
당신께선 늘 현존하시는 원리로 이러히 제게 오십니다
아니 벌써 와 계십니다
나의 주님 나의 하느님 나의 하느님 아빠 아버지
예수 그리스도 여호와 엘로힘이시여
에히 파시카 파스카
와서 보니 저는 해방되었으니
알렐루야 알렐루야 알렐루야 아멘
찬양하고 찬미하고 찬송하나이다!

철도파업 · 1

평행선 레일이 기울고 우그러지는
그럴수록 철마는 바르게 달리고 싶다
올바르게 에돌며 달리고 싶다
노조원이 고공에서 깃발로 펄럭이고
구경꾼 정치인이여
제발 세월호 승무원으로 살지 마라
인간깃발 그 깃발로 매달린 노조원에게
깃대가 되어주지 못함을 진실로 괴로워하라
목숨 건 증여의식 경제혁명 새길로
기어이 결기있게 새사회 열지 않고 두면
한반도가 침몰배로 가라앉으리
이제 의로운 정치인의 때가 왔다
아직껏 결기없는 굴기의 앙탈만, 아니면
내부 분파에만 강력히 집착할 것인가?
진리 통섭 전사의 굳센 뼈가 없이
여당 바퀴에 깔려 납작납작 오징어 같은
야당 진보 정치인들이여
한반도가 침몰배로 가라앉는 건 풍자가 아닌 실질이다
이건 늦지 않음을 알리는 마지막 신호등
줏대있는, 깃대정치로 새정치 새바람 풀잎정치로, 똘똘 뭉쳐
권력중독녀 총구는 비틀어야 한다

철도파업 · 2

철마는 자본가 열차가 아닌
국민열차로 달리고 싶다
이 옹골찬 열망을 거두라고
순환 이동시키는 코레일 폭력이여 노조원은
길들이면 길드는 짐승이 아니다

철도파업 · 3

민영화 레일 위 자본가 열차
서민에겐 앞으로 눈요깃감

철도파업 · 4

철마는 레일 떠나 달릴 수 없듯
국민 레일 떠난 권력 거꾸러진다
법적 파업권한 까뭉개면서 노조원들
옭아매는 고소 고발 손해배상 청구서들
국민 레일 떠난 권력 거꾸러진다

철도파업 · 5

국가는 본래 국민열차로 국민이 주인
국가는 오늘날 재벌열차로 재벌이 주인
이거 못 막으면 사대강 경인운하 해군기지
꼴통들보다 수천 배 꼴꼴통통
이거 못 막으면 우리들 모두
~~꼴꼴꼴꼴꼴꼴꼴꼴꼴꼴꼴꼴통통통통통통통통통통통통통투웅퉁~~
부풀어 터져 밟혀 죽고 만다
분단의 뼈 시린 비극 이용해
또 다시 종북세력으로 몰아
권력유지
하아, 우리나라 좋은 나라
풍자가 아니라 민생혁명 이룰 기회로 참 좋은 나라

철도파업 · 6

레일 없어도 잘 달리는 청마야
레일 있어도 잘 달릴 수 없는 철마한테
날개 줄 수 있다면 그건 바로
민영화 반대운동 함께 하는 것
히이힝 소리치며 함께 사는 것 알지?

철도파업 · 7

남북을 통과하여 유라시아로까지
국민열차는 국민들 모셔서
신나게 신나게 달리고 싶다
녹스는 레일 녹스는 철바퀴에
기름 발라주며 노조원의 부릅뜬 눈 눈
터널 속 철마 헤드라이트로 빛나고 있다

철도파업 · 8

노조원 밥줄 조여 투항 노려도
노란봉투 운동이 가족들 살리리
우리는 단식하여 국민레일로 뻗으리니
아들 딸들아
너희가 노조원 정신을 레일로 삼아
우리나라 좋은 나라로 완전 살려 달려다오
함께 더불어 서민들 모시고 걸림없이 달려다오

철도파업 · 9

재벌이 그네 타고 그네는 치마폭
휘날려 휘감아 재벌만 품어
이래도 죽이고 저래도 죽이는 서민타살 권력
사랑하고 사랑하는 아들딸들아
인생도 권력도 철마여야 한다
철마는 바른 공동레일 떠나 자유로울 수 없다
잊지 마
이 애비 말 유언으로 다시 남겨 두니 잊지 마
— 인생도 권력도 철마로 살아야 함을! —

철도파업 · 10

어쩌란 말인가
아흐으 어쩌란 말인가 그네가 자기
아빠처럼 끄떡 않는다
아베처럼 끄떡 않는다
뭍처럼 끄떡 않는다 그러니 더 거세게
철석여야 한다 철석철석
철석여야 한다
국민 쓰나미 새민주 쓰나미가 일어날 때까지
새정치열차 새민주열차로 거듭날 때까지
씽씽쌩쌩 무한대로 무한대로 달릴 때까지

철도파업 · 11

앞으로 늘어날 나라까지 합쳐
260여 국의 세계행복기차가
DNA구조처럼 고리 이어
무한대의 철로 위 무한대로 붕 떠
우주은하로 날아다닌다
당달봉사나라 국민들
이를 새로 출현한 UFO라고 주장하니까
아니다 우리나라 새하늘 자궁 열려 나온
용중 용이라고 하자
그래 그래 맞아 날이면 날마다
길살길조길일 예언하는
그래서 삼족오가 잡아먹지 않고 보우해 주는
우리나라 길용이야 길용 소리칠수록
얼씨구 절씨구나 맞장구치는
철도파업 승리잔치
이런 잔치판 한 번 만들어 보자
자본독재 「경정종속」 금권력 중독녀를 안주 삼아
껄쩍찌끈 뻐끈뻐끈 우리 등판떼길 후련히 풀어주는
통막걸리 통사발 통째로 벌컥벌컥 쭈우욱 캬—,
사랑하는 아들들아

생명살림 딸들아
물려줄 유산이라곤 부모가 꾼 이 꿈
집도 절도 땡푼 일원은커녕
수천만 원 빚만 남은 판에
줄곧 노조 향해 손해배상 즐기는 국가인지라
묘비엔
"여태껏 국가한테 착취당한
노동자 피땀의 돈 수조원을
국민 여러분이 반드시 받아내어
260여 대의 세계행복기차 만들어
DNA구조로 행복고리 잇고서
남북동족 세계인들 모두 모시어
우주은하로 맘껏 신나게 한없이 날아다오
철도민영화는 이거 못한다 철도민영화는
철도 세월호로 바뀌어 서민 푸대접에다
대형사고 생명죽임뿐
금권력 자본가 1%의 배만 살찌울 뿐이다"
어느 누구도 이 말씀 지우지 못하도록
한반도 한민족 영혼에다 새겨다오
또록또록 영롱영롱 별처럼 새겨다오

또박또박 한글한글 뜻깊게 삼키면서
아가아가 한 명 한 명 순산하듯 낳아다오
말씀이 살아서 활동하도록

황간 장다리 뚝방 벚꽃길에서 · 1

사월 초순 이맘 때면
초강은 멈추고
벚꽃 짙은 향만 자욱히 흘러
오대양으로 가고 있다

황간 장다리 뚝방 벚꽃길에서 · 2

오늘도 여전히 초강은 멈추었고
금상교 다리는 흐르니
장다리 뚝방도 따라 흐르고
벚꽃 향도 질세라 흐르고
흐르고 연인들도 흐르고 부부 벗 가족들도
흐르고 사랑이 흐르고
꽃꽃꽃잎도 저절로 흐르고~~~

황간 장다리 뚝방 벚꽃길에서 · 3

사흘째 초강은 멈추었고
흐르는 금상교 다리를 타고서
장다리 뚝방 건너 초강 거슬러 흐르면
벌써 벚꽃이 제법 지는데
때 아닌 함박눈처럼 지는데
지는 벚꽃 흡뽀옥 맞으며
홀로 걷는 나그네
꽃잎 주워 포개더니
까치소리 최국장 황간 우체국에서
엽서로 부친다
"내가 부르다가 죽을 사랑하는 사람이여
내년엔 황간 장다리 뚝방 벚꽃길에서
우리 올리자 결혼식!!"
이제사 초강이 흐르고
우리들 행복도 흐르고
흐르고 사랑강으로 흐르고
흐르고 사랑으로 죽으려 흐르고
흐르고 끝끝내 바다로 거듭나려 흐르고
흐르고 자꾸자꾸 흐르고 흐르고~~~

황간 장다리 뚝방 벚꽃길에서 · 4

나흘째 나의 꿈 터지더니
초강이 초강답게 흐르고
장다리 뚝방도 장다리 뚝방답게 흐르고
흐르고 벚꽃잎 더러는 온종일
꽃나비로 날아
여태 순결한 사월의 얇은 밤이
부드러이 훠어얼 찢어지고 있다
그 선분홍 핏빛 보셨나요
밤벚꽃 비추는 조명이 없어도
연인 연인 연인끼린
그 선분홍 핏빛 보인다 흐아 보인다데요

황간 장다리 뚝방 벚꽃길에서 · 5

음력 삼월 초순
연인 입술 같은 초승달
벚꽃 먹는가 하였더니
토하고 있다 봄바람
그 놈의 봄바람에
연인들 어쩔 것이오
벌들이야 밀봉 잘하지만
연인들 우러넘치는 사랑 어쩔 것이오
황간 뚝방다리 벚꽃길에서
참말로 어쩔 것이오
서로 새아가 옹알이 같은
이 소리 소리 어쩔 것이오
흐벅지게 꽃들은 떨어져 죽어가는데
이놈의 봄바람 나 참 환장하겠네

황간 향교

공자는 인의예지신으로
노자와 만나 물 같은 도덕 받아들여서
장자가 나비로 훨훨 훠어얼
얼씨구 공자께 춤추는 침묵
말씀없이 말씀하는 이 말씀강
향교에 와서는 초강보다
말씀없는 말씀에 목욕하여
거듭나는 기쁨 행복 더 깊이 누리라며
학 한 마리 날갯바람질
나의 속 뜬 구름 사라지게 하니
안팎으로 파아란 하늘만 펼쳐지누나

황간 가학루

샘물 비 흐르는 초강
외다리 학 한 마리 열반적멸
가학루 방문객도 침묵회의
월류봉 백화산 마을 마을엔
균형조화 삶 공존공생 생태계 꽃삶
이것이 바로 이것이구나

요한 · 1

하느님이 누구십니까?
성령이시다
제 눈으로도 보게 해 주십시오
니가 있으면 못 본다
당신께선 하느님이 보이십니까?
저 분이시다
예?
저 분이시다
예수님이?
저 분을 바라보는 그대 눈이
바로 하느님이시다
네?

요한 · 2

부처란 무엇입니까?
에히 파시카(와서 보라)
예수는 어디에 계십니까?
너희가 바라는 것이 무엇이냐?
예수는 지금 무엇을 하십니까?
와서 보라
지금 당신 앞에 와 있지 않습니까
"진실로 잘 들어두어라
너희는 하늘이 열려 있는 것과
하느님의 천사들이 하늘과 사람의 아들 사이를
오르내리는 것을 보게 될 것이니"
와서 보라
안 보입니다
문 밖에는 니 가슴 없더라
아아! (긴 침묵 뿐—)
하늘 맴돌 땐 시끄럽더니 진실로는 벙어리였네

요한 · 3

진리는 관념적 믿음이 아니므로
와서 보라
(보고 내 안에 머물러 있으라)
침묵의 이 말씀 듣고
스스로 머문 때가 밤 열시였다
와서 본 첫경험
예수의 현존을
(부처의 현존도)
바로 이것이고 이것은 (같으니라)
이것 본 사람이 앎 자체, 이때
"다 이루었다"
믿음이 철두철미 철저히 그댈 믿어준다

요한 · 4

선물 중 가장 거룩한 선물
와서 보라
성령을
환상인 생사 이름표만 달아주고서
가는 듯 오는 듯했을 뿐인 예수님
우리들 삶 속에 변함없이 계시니
와서 보라

요한 · 5

예수님이 떠나가고자 하신다
벌써 떠나가신 분이 아니라
지금 여기 계시면서 또 떠나가고자 하신다
와서 보라
지금 여길 절대 떠나지 못하신다

어머니 마리아를 두시고
막달라 마리아를 두시고
어리고 어린 양떼 이렇게 많이들 두시고
지금 여길 어찌 떠나실 수 있는가
세월호 수백 명의 자식들 두시고
가라앉는 한반도 한민족을 두시고
지금 여길 진리로 오신 거룩한 전체 고교생들 가운데
수백 명 거룩한 고교생들이 죽임 당하고 있는데
이 고교생들 두시고 이 고교생들을 두시고
어찌 떠나실 수 있는가
어찌 이렇게 떠나보낼 수 있는가
못 보낸다 못 보낸다 우린 너흴 보낼 수가 없다

가슴가슴마다 너흴 다 품고 빌며빌며 빌다가

다시 또 시신으로 돌아올 땐
국민들 가슴가슴은 너희들을 묻는 무덤 되어
통곡하노라
애간장 타고 찢어지도록 통곡하노라
우리나라 좋은 나라 살기 좋은 나라 맞는가
우리나라 좋은 어른 인심 좋은 어른 맞는가
부끄럽고 부끄러워 고개 숙인 채
참회하고 통곡하며 통곡하노라

못 보낸다 못 보낸다 못 보낸다 아흐 못 보낸다
세월호처럼 한반도가 가라앉고 있는데
어른들은 낡아 새 힘이 없는데
진리의 너희들 진리의 너희들을
바른 나라 세울 진리의 너희들을
살아서도 못 보내고 죽어서도 못 보낸다

어찌 이렇게 떠나보낼 수 있는가
우리나라 금권력이여
달밤에 빗자루 들고
남 그림자 쓰는 짓 제발 그만두어야 한다

그렇다고 자기 그림자만 쓸어내는 그 짓도, 책임없는 그 짓도
이젠 고교생 기만극 기만극
진리의 거룩한 분노로 거짓 깨부숴 산산히 가루지어
우리들이 사흘만에 새로운 청와대식당 지어주리라
국민이 주인인 헌법 제1조 식당 지어주리라
더 이상 조작국가 조작권력 조작보도로 국민을 죽이지 마라
돈종교 국가여, 고교생 목숨값이 세월호보다 못하냐 응답하라!

요한 · 6

사람들의 음식이신 예수님
사람들 손에 사람들 처분으로
성체성사 이루게 내주신 영육
(그대들 발을 내게 내놓아라)
"내가 너를 씻어주지 않으면
너는 이제 나와 아무 상관도 없게 된다"
"안됩니다 주님 그래서는 안됩니다"
(아니다)
"너희도 서로 발을 씻어주어야 한다"
(늘 남을 위해 무한히 베푸시는 성령이
사람을 통해서만 이룰 수 있는 것이므로)
이 괄호를 풀어 우리가 성취시켜 드릴 때 생활 속에
오신다 성찬전례에 오셔서 화안히
웃으시는 예수님
진실로 진실로 이것이 보은중에 보은!

요한 · 7

나를 떠나서 나보다 더 위대하신
그 분을 보는 사람은
그대 속에서 샘솟는 물이
강물처럼 흘러나올 것이다
물동이는 자연히 버리게 되고
목말라하는 이들에게
다 퍼주고도 바닥 드러나지 않고
그들의 탁한 물 다 퍼담아도 넘치지 않는
지금 여기가 그 곳이다 그러니,

"너희가 참으로 바르게 왔다
나를 믿는 사람은 나 뿐 아니라
나를 보내신 분까지 믿는 것이고
나를 보는 사람은
나를 보내신 분도 보는 것이다"
거듭 이르노니 그 분을 보고
하느님 아버지로 바라보면
그 눈이 곧 하느님 아버지시다

"자신의 십자가 메고서

나를 위해 기도해 줄 때
떡 달라는 딸아들한테
아버지가 돌을 주지 않으시듯
자신의 십자가 메고서 늘
나를 위해 기도해 줄 때"

그를 보리라
그를 한 번 보기만 하면
눈 멀어 사랑 외엔 아는 것이 아예 없어져
사랑이 예수
예수가 그대
그대가 성령이심을
진실로 진실로 알리라
진리는 늘 오는 듯 가는 듯 그럴 뿐임을!
거품을 보고 온다 간다 따르지 마라

요한 · 8

바람 눈비 풀빛 밥반찬
심지어 똥오줌 속에서조차
가리잖고 두루두루 스며 계신데
그 한가운데
그 분 형상인 사람들 두시고
당신이라면 떠나실 수가?

하느님 아버지께 사람을 만드셨다면 못 떠나십니다
그 하느님 아버지는 누가 만들었습니까?

형상 지닌 모든 것들은 다 스러지지만
본래 살아있지도 본래 죽어있지도 않는 그 분은
하느님 아버지가 아니라서 하느님 아버지라 부르신 것!

아무것도 아니군요

철수야!

문재인입니다

동시에 모든 것이시다

손님으로 와서 주인으로 사는 것도 이름뿐
주인으로 와서 손님으로 가는 것도 이름뿐이군요

그 말씀 뭉쳐서 몸 이루셨으니
십자가에 매달려 아빠, 아버지—
아가야 같은 아들의 순수 부르심에
세상 어느 아빠인들 대답 없이 돌아서시랴 재인아!
네!
그 응답이 바로 주인 가운데 주인이시다

아침 노을

간밤 꿈에 빠져 나간 심장이
동해물로 씻고 씻더니
떠오르는 해 물든 구름 수건
아침마다 거듭나는 아가야 같은 이 인생을
누가 피곤하다 했는가?

저녁 노을

온종일 을신세 상한 심장
피곤하다 피곤해 한숨 모아
자살도 타살도 아닌 채
서해물에 퐁당 가라앉고 가라앉더니
물든 구름 이불
속에 젖꼭지 없는 젖꼭지 깨물며
빨아마시는 엄마 젖통
이 풍요로운 저녁 노을을
누가 황혼 인생이라 했는가?

함박 함박 함박눈은 오는데

황톳집
외따로이
푸는 근심 받고
묵묵히 삭이는
그 통시를 좌변기로
바꾼 첫 해 첫 겨울
꽁꽁 얼어 기능상실
어쩌나
함박 함박 함박눈은 오는데
형아,
사람들 안 다니는 그 들판으로 가자
가서 형은 고구마 심고
난, 감자 쑤우욱 뽑아 심고 오자 응?
조오타~ 가자
한겨울 형제의 때 아닌 농사짓기

형 먼저 아우 먼저 정겹게 양보하다가
형 먼저 엉덩일 까고 앉았는데
우아아 크은 알밤 같아서 형아 먹고 싶다아~
이때 고구마가 나왔나 보다

아이쿠 취, 취소 코 막은
아우의 코멩멩이 소리에
함박눈 예닐곱 알 흩어져
분홍빛 복숭아 같은 형 엉덩일
미끄러지며 함박 웃고
차별없이 분별없이 자꾸자꾸 함박 웃고
고구마랑 감자랑 덮어주며 함박 웃고
함박 함박 함박눈은 너무 웃다가
눈물로 변하는 거 나는 보았네
아니 내가 바로 웃는 눈물이었네

고사상

목 끊긴 돼지 머린 눈 감아 웃으니
가슴이 머리로 올라온 증거?
돼지 돈이 화폐 돈으로 소리만 같을 뿐인데
귀콧구녕마다 두루마리 신사임당 그 돈돈돈 꽂혔다고
좋아? 돈 땜에 너 죽었는데 좋아?!

미래의 기억

알몸으로 오름에 선
겨울 생명사랑나무처럼 다시
알몸으로 오름에 누운 우주사랑 제주도가
갑자기 아아앙— 아가얄 낳더니
그 아가 즉각 아장아장
걸을 때마다 쑥쑥 커
용오름에서 용등 타고 놀더라
낮인데도 이상하게 불어오는
먼동빛 바람이 참 맛있더라~

푸른 양

풀 먹을 때 목동 피리 소리 씹는다

푸른 서민

밥 먹을 때 눈물 씹는다 늘

푸른 국민

목동답잖은 피리 소린 뱉는다

푸른 농민

흙 갈아엎어 하늘 소리 이루다

푸른 노동자

최고의 신성 노동은 거머리 싹뚝

푸른 청춘

푸른 청 봄 춘은 겨울왕국 공주와 횟집 뿐

푸른 학생

입시경쟁 안녕~ 뚜벅뚜벅 통일 길 걷기

푸른 자유

착취자 절대보호 비정규직 우루루

푸른 민주

청와대만 푸르고 국민들은 검는 굴뚝

푸른 청년

창조적 직업 경제민주화 투사

어처구니가 있는 작두콩 공약

고요한 실행으로
불통의 삿된 음모 모조리 끊고
집집 방방마다 진실한 알키로
정직하게 익어가는 단백질 콩알
의로운 국민들의 알콩으로 먹힌다
어처구니가 없는 청와대 기분 꿀꿀하다

꼭지에 오른, 날개만 큰 망각의 새여
머리와 가슴도 없이 국가의 쇠망칠 들고
검찰 헌법재판소 앞으론 아빠처럼 군대까지 들고
작두콩 의로워 보들보들 그 푸른 이빨을
쳐 부러뜨리고 짓뭉갤수록
쇠망치가 부끄러워서 작두콩 풀물로 숨는 거 봐
오 불멸의 작두콩 자비 좀 봐

누가 뭐래도 참정치는 먼저 사랑인 것
사랑자비 없는 민생 살리긴
늘 민생 중세이고 부자 감세이므로
작두콩 자비사랑부터 배워야 산다
진실로 진실로 창조경제가 산다

그러지 못한다면 차라리 물렀거라 아니다
고요한 실행 정치혁명가 품에 들라
참교육 참경제 참세상 참정치의
참사랑 참자비에 흡뻑옥 젖어 취하고 취하라
행복한 인생 행복한 사회의 증인으로 살라

어처구니가 없는 콩가루 공약

몸에 좋다는 콩가루
어디로 줄까요?
누가 먹을까요?
돼지 밥통에 거저 줘도
구제역 걸려 살처분 당한다며
돼지도 먹지 않는다는데
오직 똥돼지만 꿀 꿀 꿀맛이라네
어처구니가 있는 국민 기분 꿀꿀하다
신년사는 더 꿀꿀하다 국민은 돼지가 아닌데
그 누가 뭐래도
국민은 권력의 성모!
성모를 우롱하는 딸이여
어처구니가 없는 콩가루 딸이여

영적 치매

신년 해맞이 다음 흐리흐릿……
안에 이글이글 태양을 보면
날마다 새해인데
정월 달맞이 다음 가물가물……
안에 휘영청 보름달 보면
날마다 새달인데
바깥만 헤매면서 헤매는 줄도
모르고 산다

방실, 그래 그거야

엄마 아빠 싸울 때
어린 동생 품고
오들들 떨며 견딘 나혜
울며 상처 드러내어
"커서도 아빠가 엄마한테
폭언을 쓰면 가만있지 않을 거야
안 만나고 안 볼 거야"
영혼에다 새긴지 어언 구년
오늘 여고 졸업반

칼로 물베기가 부부싸움인데
나혜야
물로 칼베긴 영적 상처만 생기니
어떡해
웃어야 보이는 치유의 길
다시 구두 벗고 맨발로
보들보들 흙살 뚜벅뚜벅 밟아야
나풀나풀 풀밭 사뿐사뿐 밟아야
발바닥 간질간질~~~
얼굴이 한 송이 꽃으로 화아아~

그래야 산다 낫는다

어쩜 어쩌면
남남 만남은
어쩜 어쩌면
사랑 만남도
발자욱 남듯 상처나기 위한 것
상처없는 사람은
미움이 익어 사랑꽃 핀다는 거
모르고 죽는 것

만나면 상처날까 두려워
온실에서 쭈욱 살면
훈풍 태풍 모른 채 고이곱디
잘 자랐다 사랑해
손가락 대자마자 바스라지는 온실꽃
이거 싫음
우지 마
우지 마
아빠 엄마 뜨거이 싸우는 거

보이면 박수쳐 주고
엄마 아빠 차가이 싸우는 거
보이면 떨지 마 오히려
화끈화끈 사랑의 모닥불 피워
부모 가슴 빙산을 녹여 드려라

우지 마
억센 파도 만나야만
억센 사공 태어나고
우지 마
사랑싸움 만나야만
사랑사람 태어나니
망설임없이 부딪히자 나혜야
훈풍 태풍 파도 싸움 가리지 말고
만나러 가자 가자 나혜야

가만히 있지 마라
두려워 보호막에 갇혀 살다가
고치 끊을 이빨 약한
누에 봐

비단실이 감옥 되어 나오지도 못한 채
날지도 못한 채
번데기로 죽는 누에 봐
자신을 가두지 말고
늘 새로운 새로움보다 더 새로운 삶으로
이 세상 신성하게 살려내야지
사랑하는 나혜야 울지 말고 응—
방실, 그래 그거야!

아이고 쉽다 교육

아빠, 난 왜 딸로 났어?
있잖아 막내야 TV 봐 대통령 되려고
딸로 난 거야
아빠, 그렇지만 있잖아 나 요상꺽한 소문과
욕 먹는 건 싫어
막내야 그거 걱정 마
니 온몸이 귀가 되면
사랑 신뢰 존경까지 몽땅 다 받아요 응!

아빠, 아빤 어디서 났어?
엄마한테서 났지
그럼 아빠가 우리 오빠네
차녀야 이 세상 모든 아빠는
엄마의 막내아들이지만 딸의 오빠……?
그래 그럴께
안 그러니까~ 혀 차 녀석, 차녀야~

아빠, 엄마는 어디서 났어?
장녀야!
예?

답 주면 차녀가 카드시
너도 마구 혀 찰 거야?
아뇨!
엄마는 본래 새생명의 근본바탕이라서
영원한 엄마, 한 번 엄마는 영원한 엄마,
바로 너!
그러니 천지창조 이전의 자리가 곧 너야
나?
질문할 것도 없어
네 안에서 네가 직접 봐—
마침내 익은 장 녀석, 장녀야~

아이고 어렵다 교육

엄마, 난 어디서 났어?
으, 으, 막내야 거, 있잖아
엄마, 나 여깄는데 어디서 났어?
으, 자알 들어 엄마 몸속에 있는
난자를 보고
아빠의 정자가 들어와 만난 거야
만나서?
이 뱃속에서 열달 가량 둘이 사랑하다가
엄마 배를 가르고 막내가 나온 거야
엄마, 들어갈 땐 어디로 들어갔어?
이 애가 점점
엄마 지금 해 봐 보여 봐 빨리 응?
헛, 막 내라고? 아이고 막내야
아무리 그래도 엄마 아빠가 네 앞에서
막 내
그건 안 돼
신비가 다친단 말이야

엄마, 대통령은 어떻게 났어?
차남아 그것도 몰라

국민으로부터 났잖아
엄마, 그럼 친구들이 그러는데
아직도 국민 30%는
전자개표기 안에 갇혀 아우성치고 있댔어
이건 뭐야?
누가 그래?
외국 아이들이 그러는데
전자개표기에서 먼저 나온 70%
한국 국민들은 으~리도 없고 바보들이래
정말이야 엄마?
마, 마, 그깟 말은 발로 차 남아답게 차남아!
엄마, 말 어떻게 차?
지금 차 봐 퍼뜩 차 봐 응?
못 차면 으~리 없는 바보가 맞는 거잖아
엄마 왜 울어?
차라리 엄마를 차거라 차, 남아다운 차남아!

엄마 이 지구는 어디서 났어?
장남아!
네?

답 주면 막내가 하드키
막 내서 지금 해 보여줘 하지 마 응?
네!
천지창조 이전의 자리가 네 안에 있으니 네가
직접 들어가 봐—
드디어 익은 장 남아도는 장남아~

검찰 · 1

칼잽이
대표자 우병우
문관을 무관으로 바꾸다니!

검찰 · 2

국가를 조폭
조폭 위 대조폭으로 바꾼
정치 검찰

검찰 · 3

진정한 칼잽이는 의사
암은 그대로 둔 채
국민 잡는 개백정 칼

검찰 · 4

병우 패거리
날 명예훼손죄로 고발해 보라
아니면 스스로 감옥소로!

검찰 · 5

먼저 자신 속
암세포 한 점이라도
도려낼 줄 모르면 날강도 후보 조직

검찰 · 6

지금까지 날강도 손에 든 칼
국민월급 받고
국민 살상과 감옥 집어넣기

검찰 · 7

권력 시녀 승진 중독자는
칼 놓고 자진 입원
그래야 산다

검찰 · 8

공수처는 반드시
이들 진단
보낼 것들 보내야 거듭 산다

검찰 · 9

독재권력 앞잡이
식민국가주의자들 그네의
필로폰 맞고 아직 레이저 눈빛

검찰 · 10

눈빛 아닌 레이저 눈칼을
민주 사랑지혜의 눈빛으로 공익
인권 호민관이어야 산다

검찰 · 11

거듭나지 않으면
촛불이 눈칼 베어버리리라
제발,

검찰 · 12

일본이 유네스코 등재 군함도처럼
제 잘못 감추는 제국 조폭의식 청산
청산되어야 너답다 검찰아

법원 · 1

저울은 있되
알키 추는 내버려
어디에?

법원 · 2

킴앤장한테?
알키 추
국민을?

법원 · 3

소 팔아 공부꾼
금수저 공부꾼
둘 다 국민착취 사익 추구꾼들

법원 · 4

여태껏 노동부
노동자 탄압 선봉대로 산 거 보라
그 짝꿍 법원이여

법원 · 5

이제 제발 그만 그만
지식으로 국민
사기, 기만하는 짓!

법원 · 6

킴앤장은 '투명인간' 과 장님제조공장
조윤선 뼈도 안 보이게 동시에
당달봉사 판사로!

법원 · 7

다 보이는데
조윤선 뼈 뼈 뼈마디 속까지
알몸 다 가려도 훤히 보이는데

법원 · 8

특검?
저울 추 버리도록
방치 왜? 왜?

법원 · 9

아무리 그래도 조윤선 장관
자연풍경 장관 아니므로
보고조차 못 받았다에 눈이 멀 수가?

법원 · 10

국회 위증 빼고
블랙리스트 불참은 무죄
저울 로고 폐기처분하는 짓!

법원 · 11

국민 피땀 그 월급 받고
사익 돕는 특검?
기득권층 경호부대 법원 도우미?

법원 · 12

저울 로고가
저울 로고가 자꾸
저울 로고가 너무 부끄럽다 한다

법원 · 13

저울 로고가
법원 꼭대기에서 뛰어내리려,
자살직전, 자살직전, 전국 법원마다
자살직전, 제발 거듭나 살려야 산다

소나무 그늘 아래 · 1

예쁜 개집 한 채
복실이 내 친구
오늘 보이지 않네

소나무 그늘 아래 · 2

아뿔싸 말복
못 넘기고?
복실복실 복실아—

소나무 그늘 아래 · 3

식당 손님들 모두 사람
사람이 먹었으니
복실아 너도 사람 된 건가?

소나무 그늘 아래 · 4

텅 빈 개 집 한 채
강아지 꼬랑지가
흔들흔들 사람 반기네

청공 김종석 문학전집 4

함박 함박 함박눈은 오는데

•

지은이 / 김종석
발행인 / 김영란
발행처 / 한누리미디어
디자인 / 지선숙

•

08303, 서울시 구로구 구로중앙로18길 40, 2층(구로동)
전화 / (02)379-4514, 379-4519
Fax / (02)379-4516
E-mail/hannury2003@hanmail.net

•

신고번호 / 제 25100-2016-000025호
신고년월일 / 2016. 4. 11
등록일 / 1993. 11. 4

•

초판발행일 / 2017년 7월 31일

•

•

값 16,000원

•

•

ISBN 978-89-7969-753-7 04810
ISBN 978-89-7969-749-0 (세트)